As aventuras de

TAZ VALENTE

Reservam-se os direitos desta edição à
EDITORA JOSÉ OLYMPIO LTDA.
Rua Argentina, 171 - 1º andar - São Cristóvão
20921-380 - Rio de Janeiro, RJ - República Federativa do Brasil
Tel.: (21) 2585-2060 Fax: (21) 2585-2086
Printed in Brazil / Impresso no Brasil

Atendemos pelo Reembolso Postal

Capa e ilustrações: CLÁUDIO MARTINS

ISBN 85-03-00866-1

CIP-BRASIL. CATALOGAÇÃO-NA-FONTE
SINDICATO NACIONAL DOS EDITORES DE LIVROS, RJ.

Valente, Paulo Gurgel, 1953 -
V25a As aventuras de Taz Valente / Paulo Gurgel Valente; ilustrações Cláudio Martins. - Rio de Janeiro: José Olympio, 2005
il.;

ISBN 85-03-00866-1

1. Literatura infantil. I. Martins, Cláudio, 1948 -.
II.. Título

05-1766 CDD 028.5
CDU 087.5

PAULO VALENTE

As aventuras de TAZ VALENTE

ilustrações de

CLÁUDIO MARTINS

JOSÉ OLYMPIO
EDITORA

MUITO PRAZER

Meu nome é Taz, Taz Valente. Nasci no dia 7 de fevereiro de 1999 e tenho, no dia em que escrevo para você, cinco anos e dois meses.

Na verdade, nasci como Taz de Anai, por causa do nome de minha família original, que é de Itaipava, uma cidade serrana perto do Rio. Tive seis irmãos, mas logo me separei deles e de minha mãe, o que é um pouco triste. O nome Taz Valente veio da família que me adotou, a família Valente, que sempre quis ter um cachorrinho.

Você se espantou? Pois é, eu sou um cachorro pequeno, de cor cinza-prateado e estou aqui para contar minha história e aventuras.

O nome Taz vem de Tazmania, um personagem bastante simpático da televisão de quem meu dono Bruno gosta muito. De uma forma mais nobre, Taz vem de Tasmânia, região entre a Austrália e a Nova Zelândia. Existe até um mar com meu nome, Mar da Tasmânia.

Como é que um cachorrinho conta sua história? É que existe uma coisa chamada transmissão de pensamento. Eu penso e passo minhas idéias para o Paulo, pai de meu dono, que diz que entende de computador: sabe usar o teclado, gravar documentos e imprimir.

Para ser honesto, os cinco anos e dois meses que tenho são quase 36 anos na vida de uma pessoa como você. Vou explicar, mas vai ser preciso um pouco de matemática. Um ser humano tem uma vida que dura em média 70 anos, e um cachorrinho como eu, infelizmente, não fique triste, vive apenas dez. Assim, um ano da minha vida equivale a sete de uma pessoa. Como você pode notar, já vivi bastante e, portanto, já tenho até história para contar.

Cachorro tem uma vida meio estranha: nasce, fica pouco tempo com sua família original e passa a viver entre os humanos, isto é, os homens, as mulheres e as crianças como você. Assim, não sou como as crianças que vão à escola conviver com outras crianças, meu mundo é principalmente entre os adultos.

Já ia esquecendo de dizer: sou de uma raça chamada Schnauzer (não precisa dizer saúde, eu não espirrei), originária da Áustria. Mas tenho que confessar: sou apenas um Schnauzer miniatura, isto é, uma raça pequena e boa para morar em apartamento, onde meu dono vive a maior parte do tempo.

Você acha ruim ser pequeno, como você é agora? Existe uma diferença entre nós: eu nunca vou crescer e ficar grande como seu pai ou sua mãe, ou talvez como seu irmão ou irmã mais velha. Você tem irmãos maiores ou menores?

Nunca serei grande, o que não é tão legal, mas tenho outras alegrias. Do que mais gosto? Acho que sou parecido com você: gosto de passear, de receber carinho e de comer!

Logo que nasci, mudei para o Rio de Janeiro. Meu dono *oficial* é o Bruno, que me ganhou de presente de aniversário. Isso é outra coisa que vou confessar: fui comprado! Por dinheiro! Mas tudo tem uma explicação.

As pessoas do lugar onde nasci investiram num negócio chamado canil, isto é, criação de cachorrinhos para venda. Para isto alugaram uma casa, cuidaram de minha mãe e arrumaram um pai para mim. Quando eu nasci, meus primeiros donos me venderam porque precisavam do dinheiro para pagar a comida, o aluguel, a conta de luz do canil, estas coisas chatas de que os adultos tanto reclamam.

A vida é assim: dinheiro é uma coisa que faz parte do mundo e temos de conviver com ele. Você tem mesada ou semanada para gastar, comprar sorvete, lanche e brinquedo? De onde vem esse dinheiro? Seu pai e sua mãe trabalham em quê? Já viu que, apesar de ser um cachorrinho, sou muito perguntador.

MEUS AFETOS

Bom, já falei sobre as coisas de que eu gosto (Você se lembra? O que foi mesmo?). Não falei de quem eu gosto.

Dizem que cachorro escolhe um dono, depois que se separa de pai e mãe. Meu primeiro dono e a pessoa de quem mais gostei logo de saída se chama Bruno. Mas também gosto das outras pessoas da casa: da irmã do Bruno, que se chama Mariana, e da mãe deles, Ilana.

Com o Paulo, pai do Bruno, tenho lá meus problemas. Acho que ele não gostou muito quando fui morar na casa dele, porque, você sabe, cachorro pequeno faz muita bobagem (isto mesmo, cocô e xixi nos lugares proibidos) e ainda traz muitas despesas (comida, veterinário, brinquedinhos e outras *coisitas* mais...).

A Mariana é bárbara: me ensinou vários truques. Por exemplo, para ganhar um biscoito, eu aprendi a me sentar, levantar a pata e me deitar no chão.

Você não acha que eu sou esperto?

Outra pessoa que acho muito *maneira* é a Ilana. Ela gosta muito de mim: me dá carinho, comida e cobertor, me põe para dormir quando tenho sono... Eu acho que ela se confunde e pensa que sou gente, mas não tem importância.

Na minha casa, quase sempre tem outra pessoa morando: é a empregada, que muda de vez em quando. Ela também me leva para passear, mas é por obrigação.

Você sabe o que é obrigação?

MEUS PASSEIOS

Como eu disse, gosto muito de passear. Passeio, para cachorro, não é igual a passeio de criança, que vai ao parque, à praia, ao cinema ou ao teatrinho.

Passeio, para cachorro, significa: conhecer o mundo, principalmente cheirando as coisas. Vou falar baixinho: passeio, para mim, é também fazer xixi e cocô. Eu sei que você já é grande e faz estas coisas num lugar

chamado banheiro. Eu não: vou para a rua, busco um ou mais postes e... pronto! Já o cocô, meu dono ou quem passeia comigo pega, recolhe num saco plástico e joga no lixo.

Pois é, eu tenho hora certa para fazer isso, duas vezes por dia. Você agüentaria? Por isso fico tão contente de passear, e ai se esquecem... Fico num aperto danado e vou latindo e correndo para a porta.

Nos meus passeios encontro... outros cachorros. Como não tenho o hábito de conviver com eles e sou competitivo, acabo brigando muito, principalmente se forem machos como eu. Com cachorrinhas é diferente, vou logo cheirando com outros interesses...

Você também briga muito?

De vez em quando, o Bruno me leva para passear na Lagoa Rodrigo de Freitas, que fica perto da minha casa. Lá tem um lugar chamado Parcão (acho o nome meio feio, mas o que posso fazer?), onde vários outros cachorros correm uns atrás dos outros. Eu não gosto muito, sei lá, acho os humanos mais fáceis.

MINHA MÉDICA E MINHAS DOENÇAS

Tenho uma veterinária que se chama Rita. Você sabia que médica de bichos se chama assim? Ela me conhece bastante porque é dona de um primo meu.

Você vai ao pediatra, que é o médico de crianças?

Já tive duas doenças sérias: a primeira, quando eu lambi um líquido esquisito... resto de inseticida. Pois é, a minha raça é curiosa e gosta de mexer em tudo. Não é que na casa onde eu moro fizeram um negócio chamado dedetização, que é colocar veneno para matar baratas? Acho boa idéia. Detesto tudo o que se move nos meus domínios que não seja o meu dono.

Assim, engoli um restinho de inseticida e fui parar no hospital; fiquei uma noite lá tomando soro. Não recomendo.

A outra doença que peguei, mais complicada, foi por causa dos carrapatos que transmitem um *treco* ruim, dá febre. Tive de tomar antibiótico por quase um mês, fazer exame de sangue e usar uma coleira especial que me impedia de coçar meus machucados.

Mas a Rita tudo resolve, qualquer problema, ligue para ela! Ai, me esqueci que você é um humano, tem de ligar para seu pediatra!

MINHAS COMIDAS PREFERIDAS

Bom, você viu que sou curioso e guloso, gosto de provar tudo. Minha comida é um *troço* chamado ração. Eu como porque não tem jeito nem outra coisa mesmo. Imagino que a sua mãe também diz para você comer legumes, carne, tomar leite para ficar forte e não comer besteiras como chocolates e biscoitos.

Biscoitos! Adoro! Você sabia que, mesmo não sendo de circo, eu faço uma porção de coisas para ganhar biscoito? Levanto uma pata, levanto

outra, dou beijo no meu dono e deito no chão. Lá vem biscoito! Faço tudo, mas só me dão dois ou três por dia.

Você gosta de biscoito?

Além de biscoito, gosto muito de frango com arroz que me dão quando estou doente.

Na hora das refeições fico ao redor da mesa para ver se alguém tem pena de mim e me passa alguma coisa: presunto, pedaço de bolo, queijo. Mas sou muito educado: fico olhando firme para a pessoa, apóio minha pata na perna dela.

Às vezes, fico nervoso e dou um latido para chamar atenção.

MINHAS FÉRIAS

Quando meu dono viaja e não me leva, eu não gosto: é igual a programa de adulto quando criança não vai. Aí vou para um hotel!

O quê? Você acha que não existe hotel para cachorro?

O pessoal vem me buscar numa caminhonete, me leva para uma casa em Jacarepaguá (um pouco longe) e lá eu passo alguns dias.

Notícias minhas? Você pode até entrar num site da internet para saber como estou; não é moderno?

Você sabe usar a internet? Na próxima vez, quem sabe você me acha lá, se eu estiver de férias, e me manda um e-mail!

MINHAS VIAGENS

Pois é, mas eu também viajo de carro com meu dono. Quase todo fim de semana vou para um lugar chamado Mangaratiba, no litoral do Rio. A viagem até que é boa, passo a maior parte do tempo no colo dele, que é um bom lugar para ficar.

Você gosta de ficar no colo?

Adivinhem qual é o meu programa preferido em Mangaratiba? Passear, é claro, também para fazer xixi e cocô. Eu falo muito nisso, mas faz parte da minha vida. Também faço xixi para marcar os lugares onde passo, sou meio assim, dono do mundo, eu me acho!

MEU TRABALHO

Já falei das minhas férias, das minhas viagens, você vai achar que eu sou um boa-vida, que não faço outra coisa. Intriga! Minha vida é trabalhar. O que eu faço? Tomo conta da casa, do meu dono, ai de quem chega perto!

Eu protejo a casa dos entregadores de jornal, do rapaz da farmácia, dos vizinhos, do porteiro que vem buscar o lixo da casa. Estou sempre atento, corro logo para a porta e dou os meus latidos mais fortes. Quem não me vê fica com medo, acha que sou grande, pensa que vou morder e arrancar pedaços.

Morder mesmo, só mordi uma vez: mas foi instinto animal. Alguém que eu não conhecia (um tipo bem grandão) quis me pegar no colo e eu ó!, de susto meti os dentes na perna dele.

Também não gosto quando um humano chega perto do meu prato de comida, vê lá hein!

MINHAS AVENTURAS

Acho que este capítulo é quase desnecessário. Pelo que já contei, você já viu que minha vida é uma aventura só: defender a casa, cheirar os caminhos, passeios, viagens, hospedagens em hotéis e muito mais.

Mas vou contar uma aventura de terror! Pois bem, eu estava dormindo muito tranqüilo ao lado do meu dono, em Mangaratiba, quando, no meio da noite, percebi dentro do quarto um cheiro e um barulho estranhos. Eu não fiquei com medo não, sou muito valente, até no nome, Taz Valente.

Para você não ficar assustado, vou contar logo: um filhote de morcego se escondeu atrás de um armário no quarto do Bruno. Eu parti correndo para protegê-lo. O Paulo, pai do Bruno – este sim estava com muito medo – empurrou com força o armário contra a parede e... lá se foi o morcego, de volta para a casa dele. Que susto, hein? Bem feito! Quem mandou entrar na casa dos outros?

Você tem medo de morcego? E do que mais?

MEU BREVE NOIVADO

Até agora não falei do sexo oposto, isto é, das cachorrinhas. Modéstia à parte, sou muito bonitinho. Quando eu passeio na rua vão logo falando para quem estiver comigo: você não quer conhecer uma cachorrinha para cruzar com ele?

Bom, você está grande e já pode entender pelo menos alguns fatos da vida: os cachorrinhos nascem depois que um cachorro namora uma cachorrinha. Acontece com todo mundo.

Você já namorou?

Pois é, trouxeram uma *gata* aqui para casa, isto é, modo de dizer, era uma cachorrinha mesmo, muito bonitinha, mas não queria nada com namoro.

Ficamos juntos uns quatro dias, me colocaram sozinho com ela num terraço e ela... só pensava em fugir.

Mas eu ainda chego lá!

Você conhece alguma cachorrinha Schnauzer para me apresentar?

MEU FUTURO

Minha vida é mais ou menos assim: defender a casa, passear, namorar, comer biscoito, fazer gracinhas, viajar... Que tal, vida boa, não?

Se você gostou desta história toda que eu contei, quem sabe você não pode pedir para sua mãe, pai, avó ou avô, tio ou tia um cachorrinho para você?

Pode até chamá-lo de Taz, só que você tem de dar seu sobrenome para ele, o nome de sua família.

Garanto que o seu cachorrinho também vai contar histórias assim.

Quem sabe, no futuro, quando você tiver um cachorrinho, não nos encontramos por aí num passeio?

Boa sorte! Dois beijos e até logo!

Este livro foi impresso nas oficinas da
Walprint
para a
EDITORA JOSÉ OLYMPIO LTDA.
em agosto de 2005

*

73º aniversário desta Casa de livros, fundada em 29.11.1931